Anton Krutisch

Ka Bam wachst in Himmel

Mit Zeichnungen von EMIL

Mohl Verlag

Umschlagentwurf: Martin Menzl
Layout: Richard Röder
Illustration: EMIL

Gesamtherstellung: Welsermühl, Wels
ISBN 3-900272-34-4

Glückwunsch!

Wenn ich den Anton Krutisch jetzt noch vor mir haben könnte, würde ich es ihm sagen, so aber kann ich ihm nur in sein Buch schreiben:
»Ich wünsche dem Buch einen guten Weg, den Lesern viel Vergnügen und mir selber dieselbe Freude beim Vorlesen wie bei allen Deinen Büchern!«

Immer Dein

Inhalt

Nur net verzagen

KA BAM WACHST IN' HIMMEL

Wann di im Lebm oft sekkiert so manches hohe Tier,
dann trag's mit Würde, kränk di net, es steht si net dafür.
Bedenk, wer waß, wie lang der bleibt auf seiner stolzen Heh',
selbst Cäsar und Napoleon warn eines Tag's passé.

Bist selber obm, denk daran und treib es net zu bunt,
viel schneller als man obm is, is man auch wieder unt'.
Tua nur net übermütig wer'n, wann di der Habern sticht,
dei Kruag geht a zum Brunnen nur so lang, bis er zerbricht.

Ka Bam wachst in' Himmel und ka Mensch wird zu groß,
wird er z'groß, schmeißt eahm 's Schicksal von sein' hohn Roß.
Es is schon so ein'teilt, und des is gar net schlecht:
Gar ka Bam wachst in' Himmel, wann's a mancher gern mecht!

DER ZUZZLERTE

Seit i mi erinnern kann,
steß i mit der Zungen an,
und immer, wann i redn tua,
halt mir des a jeder vur,
wia wann's net wurscht war, wia ma r
Hauptsach, 's is ka Bledsinn net.
Nur, i kann redn no so gscheit,
es macht kan Eindruck auf de Leit,
weil si glei a jeda z'wuzzelt,
wann beim Reden aner zuzzelt.
Dabei, ma kann's in' Radio hörn,
zuzzln oft aa hoche Herrn,
und mancher, den a jeder kennt,
zuzzlt aa in Parlament.
Nur habm halt diese Herrn des Glick:
se kummen aus der Politik,

nd wann ma amal gwählt is wurdn,
ann ma wirklich alles tuan.
Ia kann zuzzln, stottern, haspln,
na kann stecknbleibm und raspln,
na kann beim Redn se vergagln
nd scheangln, daß de Bildschirm wagln,
na kann a Rede abasprudln
nd zehnmal si dabei verhudln,
na kann sogar auf Ratn redn,
es is egal, es gfallt an jedn,
ls Politiker kann ma se's leistn,
veil de Leit ja eh nix kneißn
nd in Ehrfurcht glei ersterbm,
vann s' an Kapazunder hern.
ur bei mir, der klanen Null,
chreit sofurt a jeder »Pfui!«
ann i zuzzln tua beim Sprechn,
ur bei mir is' a Verbrechn.
sag eichas, mi frißt der Zurn,
och's nutzt mir nix, was soll i tuan?
ei de Weiber hab i aa ka Masl,
enn i von der Liebe fasl,
enn mei Aussprach is zu feicht,
irklich wahr, i hab's net leicht.
o zuzzl i mi durch des Lebm,
ur d' Hoffnung tua i net aufgebm,
aß ane amal auftaucht halt,
er was sogar mei Zuzzln gfallt.
elleicht is ane so exotisch
nd findt mei Zuzzln gar erotisch,
aß sie mein Flehen tuat erhörn
nd sich durch 's Feuchte net laßt störn.
der was vielleicht no besser war:
e is wia i – und zuzzlt aa!

GLÜCK UND LEID

Des Glick und des Laad liegn eng nebmeinand,
es trennts' nur a ganz schmaler Steg,
denn de zwa san eng miteinander verwandt
und säumen ganz dicht deinen Weg.
Und gehst du dein' Weg, dann kummt's halt drauf aun,
bei wemsd' öfter anstreifn tuast,
da nutzt dir ka Vursicht, du kummst net davaun,
obsd' willst oder net: anstreifn muaßt.
Drum bleib in der Mittn und scher net viel aus,
dann wird's wenig Anstreifer gebm,
mach kane Umweg, geh immer gradaus,
dann kummst du am besten durch's Lebm.

DIE UNZUFRIEDENEN

Der Schani is a braver Mau'
und tät si so gern bindn,
er hättert halt so gern a Frau
und kann si kane findn.
Er is net schee, net jung, net reich,
und schüchtern is er aa,
jetzt geht er auf'n Fuffzger gleich
und is allweil no allaa.

Und wegn sein Kummer trinkt er vi
– es kramperlt eahm halt sehr –,
und wann eahm übergeht des Gfüh
sinniert er vur sich her:
»A Junggsell is auf derer Welt
der allerärmste Hund,
er braucht amal an Haufn Geld
und lebt aa net sehr gsund.

Scho allaa des Wirtshausessn
is a Taschldiab,
und dann derf ma net vergessn:
kocht is' ohne Liab.
Wia arm a Mann is, net zum sagn,
wann er umkräut so allaa,
und 's Hemd is dreckig und der Kragn,
und d' Sockn stinkn aa.
Für jedn Handgriff muaß er zahln,
sei Taschl kriagt 'n Schwund
jaja, a Junggsell is von alln
der allerärmste Hund.
»A Ehemann, der hat's halt schee,
hat alles, was er will,
's Weiberl tuat eahm guat versteh'
und schenkt eahm Liab und Gfühl.
Warum kann i ka Weib net habm?
so want er in sein Rausch.
»Mit an Ehemann, des kennts mir glaubm,
machert i sofurt an Tausch.
Jetzt gib i bald de Hoffnung auf
– am besten, i war tot!
Is's a Wunder, daß i sauf
in meiner Herzensnot?«
Der Schani wackelt hin und her,
braucht 's halbe Trottoir,
da kummt a anderer daher,
der is genau so schwar.
Der redt si's aa mit eahm allaa
und keppelt in sein Bart:
»Wann i nur ledich bliebm war,
mei Schicksal, des is hart.
A Ehemann is auf der Welt
der allergreßte Weh,
de Alte nimmt eahm ab des Geld
und halt eahm no mit'n Schmäh.
Was s' eahm hinstellt, muaß er fressn,
– wenig Fleisch und Zuaspeis viel –,
wia schee war's halt in Wirtshaus essn,
da kriagt ma, was ma will.
Da kennt i mit Genuß no habern
– net wia daham den Fraß,
in der Wochn siebmmal Bletschn knabbern
– de glaubt, i bin a Has!
Und keppeln, wann i furtgehn tua,
und keppeln, wann i kumm,
im Bett gibt s' nacher aa ka Ruah,
des wird mir scho bald z'dumm.
Warum muaß i a Weib nur habm?«
so want er in sein Rausch.
»Mit jedn Junggsell, kennts mir glaubm,
machert i sofurt an Tausch!
I häng mi demnächst eh no auf
– am besten, i war tot!
Is's a Wunder, daß i sauf
in meiner Herzensnot?«
So wageln de zwa traurig ham,
kaner hat, was er gern mecht,
jetzt druckt de Frag mi in der G'ham:
Wer von de zwa hat recht?

DER HANNOVERANER

Unlängst war in Wean da aner,
des war a echter Hannoveraner;
a Norddeitscher aus Niedersaxn,
der is obegfahrn mit seiner Kraxn
und wollt 's in Wean herunt' probiern,
in Urlaub Land und Leit studiern.
Dazua ghört aa de Weana Sprach,
denn grad in dem Punkt warer schwach,
weil in Hannover redn s' fein,
statt gschpitzta Sta' sagns' »spitzer Stein«,
und wer net grad so gschwolln redt,
is bei eahna halt ka Deitscher net.
Natirlich hat der guate Mann
si schwer mit unsern Redn tan
und hat bei Freindn und Bekanntn
von kan Gespräch a Wurt verstandn.
Da sagt er: »Ach, ich möchte gerne,
daß ich diese Sprache lerne,
denn ich habe hierzulanden
außer ›Trinkgeld‹ nichts verstanden.«
Draufhin denk i voll Erbarmen:
Lernst' halt weanarisch den armen,
aber i hätt's net solln tuan,
denn i war bald narrisch wurdn.
Es is net gangen, trotz mein Wülln,
z'erscht lernt a Zebra Römmyspüln.
Dabei hab i mi eh so plagt
und alles klar und deitlich gsagt:
Es gibt in alle Sprachen Normen,
sozusagen de Umgangsformen,
de san bei uns Ete-pe-tete,
mir haltn sehr auf Etikette,
anstatt »Pardon«, tua i erklärn,
sagt ma »Öha« da in Wean,
wannst' wen auffetrittst auf d' Haxn
– »Beine« haßt's in Niedersaxn –

»entferne dich« haßt »bleib net do«
oder »schleich di« und »ziag o«,
außerdem klingt a net dumm
»drah de«, »putz de« und »verkumm«.
»Sie sind nicht klug« haßt »Se san teppert«,
wann es wo bumst, sagn mir »es scheppert«,
»sei bitte still« heißt »halt den Schnowe«,
und »verschone mich« haßt »kräul mir owe«.
»Jemand ulken« nennt ma »heansln«
und des »kokettiern« haßt »speanzln«.
»Georg« heißt bei uns nur »Schurl«
und an »Neger« nennt ma »Murl«,
doch hast kan Schilling du im Zeger,
sagt ma wieder »du bist Neger«.
Ein junges Mädchen nennt ma »Madl«,
ein junges Ferkl is a »Fadl«,
doch manchesmal – es kummt drauf au –
is a a junges Mensch a »Sau«.
Wer verstoßen wird, der kriegt den Weisel,
und ein Klosett heißt bei uns »Heisel«,
zu schlechten Zähnen sagt ma »Stockerln«,
und dumme Mädchen nennt ma »Nockerln«,
ein Bonbon haßt bei uns »Zuckerl«,
und die Verbeugung is a »Buckerl«.
»Zuzzln« tuat, wer lispelnd spricht,
und a »Treanschn« is a bledes Gsicht.
So hab i eahm halt nach und nach
einführn wolln in d' Weana Sprach,
nur hab i scho ganz deitlich gspürt,
daß der von alldem nix kapiert,
er schaut nur geistreich jedesmal
so wia a Ochs vurn neichn Stall.
Doch i gib net nach und biffe'
mit eahm de wichtigstn Begriffe:
Weinen nennt ma »reern« und »zauna«,
a »Strawanzer« ist ein Gauner,
a »Joschi« ist ein Überrock
und die Schuhe haßn »Bock«,
»Hülsn« nennt man einen Hut,
»leinwand is's« heißt »es ist gut«,
einen Anzug nennt ma »Schaln«,
»blechn«, »brandln« heißt bezahln,
wenn wer pocht, sagt man »er pumpert«,
ein »alter Kram«, das is a »Glumpert«,
wer nicht deutlich spricht, der »schnofelt«,
und wer kein Glück hat, is »verknofelt«.
Ist ein Weibsbild überspannt,
wird es »Funsen« hier genannt,
doch a »Funserl« ist ein Liachtel,
und ein Schwächling is a »Zniachtel«
»Fladern« haßt's, wenn einer stiehlt
und »scheangeln« sagt ma, wenn wer schielt,
»tschechern« sagt ma, wenn wer trinkt,
und »hatschn« haßt es, wenn wer hinkt,
doch »hatscherts Scheangerl« nennt ma mild
einen Hinkenden, der schielt.
Ganz dasig schaut der Hannoverana,
ma siecht eahm an, er tät gern wana.
»Ich bitte«, sagt er, »nimm's nicht übel,
lieber lerne ich die Mao-Bibel.
Was zuviel ist, ist zuviel,
da ist chinesisch ja ein Kinderspiel!«
Da gib i auf, jetzt hab i gnua,
des war ja doch a Bruchteil nur
von dem, was aner z'lernen hätt,
bis daß er weanerisch versteht.
Für was hab i mei Zeit verschwendt:
»A Preuß hat halt ka Sprachtalent!«

DER KURAUFENTHALT

Weil mei Kreiz so wehtuat mir
und i 's Reißn hab in Knia
und mi hint' und vurn alls zwickt,
hat mi d' Kranknkassa gschickt
in a Heim zum Auskuriern.
I war froh, nur tuat's mi stiern,
daß ma durt –des find i mies –
net allaa auf an Zimmer is.
Einzelzimmer, de gibt's schon,
nur brauchst' dazua a Protektion,
und wo nehmert i de her,
i bin ja do nur irgendwer.
Auf so an Zwa- und Dreibettzimmer,
da harmoniern de Leit net immer,
weil alls, wast' machst, beobacht' wird,
und alls, wast' sagst, wird kritisiert,
und triffst' auf solche Charaktere,
dann is d' Erholung habedere.
Naa, i will a Einzelzimmer,
sunst gfreit mi d' ganze Kur glei nimmer!
Und so denk i angstrengt nach,
wia i des am besten mach.
Und wirklich fallt mir ein a Schmäh!
Wia i vur den Chefarzt steh,
schmetter i und liag eahm vur,
daß i mi so kränkn tua,
weil i andre so viel stör,
mit mir is's halt a rechts Malör.
I mechert gern allanich wohnen,
nur tua i dabei fest betonen:
»I brauch des Einzelzimmer nur,
weil i so viel schnarchn tua.
Kaum drin in Bett, geht's aa scho los,
da schnarch i wia a altes Roß,

wia kummt a anderer dazua,
daß er ka Nacht mehr hat a Ruah.
Und nur aus dem Grund mecht i immer
für mi allanich halt a Zimmer!«
Drauf sagt der Arzt: »Des find i guat,
daß wer so edel denkn tuat,
wann i a Einzelzimmer hätt,
warn Sie der, den i's gebm tät.
Nur leider hab i kans mehr frei –
aber wartn S' nur –, mir fallt was ei'.
I hab da an, der eh nix hert
und den des Schnarchn gar net stert,
den leg i halt mit Ihnen z'samm,
da werdn mir ka Problem mehr habm.«
Dabei lacht er so impertinent,
daß i eahm ane patzn kennt.

Und draufhin hat mi glegt der Arzt
z'samm mit an Terrischn, der pforzt.
Da kracht's und dunnert's, daß alls bebt,
a jedsmal, wann si de Tuchent hebt;
den Terrischn hat des net gstert,
denn selber hat er's net ghert,
nur i hab's ghert und i hab 's grochn,
da hab i mir ganz fest versprochn:
Nie mehr mach i so an Schmäh,
wann i wieder in a Kurheim geh!

DER GUATSTEHER
(Die Bürgschaft)

Zum Dionys, dem Tyrann von de Griechen,
is der Moräus mit an Dolch hingschlichen,
aber wia er si so zubedrängt
und an 's Stechen net amal no denkt,
ham eahm scho de Kiberer derglengt.
Da sagt der Tyrann: »Hab i di, du Strolch!
Speib, was hast' denn machn wolln
mit'n Dolch?«

Mant der Moräus: »I bin a ehrlicher Knopf,
aber i sag's – und sollt mi der Teifel holn:
Ja – Pülcher – i hab di hamdrahn wolln!«
»Aha!« schreit der Tyrann, »du pestigs Luader,
i hab's glei gwußt, du bist ka Guater.
Aber bei mir, du Sandler, hast di vergogelt,
dafür wirst' jetzt an 's Kreiz anegnagelt.«
Da winselt der Moräus ganz dasig: »Oh mei',
wia kann ma nur so nachtragend sei'?
Der macht, wia wann i eahm weh'tan hätt,
derweil war i zum Stechn eh viel z'bled.
Wann i net so patschert war, du Pippn,
hä'st' den Feitl scho lang zwischn de Rippn.
Aber wannst' mir scho nehmen willst mei Lebm,
kunnterst mir vurher a Gnade no gebm:
Wann i gach sterbert, war des saubled,
weil heite mei Schwester de Hochzeit hätt.
Lang gnua hätt s' ja gsuacht, de schiache Zechn,
und jetzt hat s' an gfundn, eh so an wechn,
der is so deppert und packt's als a blinder
und spielert den Vater für ihre drei Kinder.
I warert ihr Beistand, und wann i net kann,
rennt ihr der Weh vielleicht wieder davon.

Drum tät i di bittn: Laß mir mei Pflicht no erfülln,
wann's vorbei is, kumm i z'ruck und erfüll dir dein Willn,
nachher laßt' mi halt bratn am Kreiz in der Sunn.«
»Was warst' denn so deppert,« sagt drauf der Tribun,
»hä'st' halt mit dein Dolchstoß zuagwart' bis murgn,
dann hä'st' wegn der Hochzeit jetzt kane Surgn.
Wer mit'n Feitl spielt, der verbrennt si de Klebeln,
drum halt jetzt dein Maul und her auf mit'n Keppeln.
I bin der Dionys, aber du glaubst, i haß Ottl,
lassert i di jetzt geh, dann war i a Trottl!
Du hast do an Klopfer, wia stellst dir des vur?«
Drauf mant der Moräus: »Jetzt hern S' amal zua!
I hättert an Freind, der stingert mir guat
und bleibert als Pfand da, derweil i bin furt.«
Und wirklich, der Freind is bereit zu der Hackn
und sagt: »I vertrau dir, du wirst 's derpackn.
Aber daß d's waßt, dei Wurt, des muaß haltn,
wann i statt dir ei'geh, sag i's deiner Altn.
Und was dir dann bliaht, kannst dir ja denkn.«
»I kumm scho z'ruck«, sagt der Moräus, »liaber laß i mi hängn!«
Da spricht der Kenich: »Daß's net allerweil haßt,
i bin a Tyrann und a pestiges Gfrast,
so gib i halt nach deiner Bitte.
Aber weh eich, i kneiß a Petite,
dann kennts eich, es zwa altn Spezln,
glei de Baner anzeln z'sammenkletzln.
Und jetzt schleich di zur Hochzeit, aber geh net in d' Bliah,
i ghalt mir derweil den Haberer statt dir,

bevur dreimal de Sunn scheint, hängt er am Steckn,
und wannst du bäulisierst, dann muaß er verreckn!«
»Bei mir hast' di 'teischt, i laß eahm net stockn«,
sagt der Moräus und macht si auf d' Sockn.
Durt hat er als Beistand ganz schnell unterschriebm,
aber trotzdem is er dann do picknbliebm
und hat gfressn und gsoffn und 'kudert und glacht,
und de Remasure hat 'dauert zwa Tag und zwa Nacht.
Wiarer mit an deppertn Schädl erwacht in der Hapfm,
fallt eahm der Freind ei' – da haut eahm der Schreck aus de Schlapfm.
Zwölf Stund hat er nur mehr bis zum Abendrot,
und wann er net z'rechtkummt, is der Haberer tot.
Ohne Abschied, ohne Fruahstuck und ohne Rasiern
schleicht er si furt und fangt an zum marschiern.
Da fangt's an zum trepfeln, dann regnet's und schitt's,
doch er hatscht weiter bei Sturm, Dunner und Blitz.
Aber wia er zum Fluß kummt, da verliert er den Reis,
De Bruckn is weg – was tua i, o Zeus?
Wia soll i da drüber, i hab ka Schinakl,
und bei den Wellngang schwimmen, na, des is a Hackl!
Aber 's bleibt eahm nix über, er muaß durch des Wasser,
also hupft er halt eine, er wird eh nimmer nasser,
und raft mit de haushochn Wogn.
Und x-mal hätt's eahm bald abe'zogn,
aber er tuat betn und bittn und sempern,
und der Zeus hat a Mitleid und laßt eahm net schlempern.
So kummt er mit Ach und Krach ume,
kräult auße, sagt: »Wann i mi tumme',

kumm i no vur'n Abendrot eine in d' Stadt.
Der machert an Fotz, der Zwiefelkrowat!«
Und weiter rennt er mit'n patschnassn Frack,
wia wann eahm scho sitzert der Ginkerl im Gnack.
Da versperrn eahm auf amal Räuber den Weg.
»Schleichts eich«, schreit er, »i hab ja an Dreck.
Des anzige, was i no hab, is mei Lebm,
und des muaß i heite mein Kenich no gebm!«
Aber de kräuln eahm net abe und wolln eahm derschlagn,
da geht er presant, da platz eahm der Kragn,
er gibt an a Tetschn, den zweitn an Schuß,
den drittn an Magnbeigl voller Genuß,
den viertn an Ferschler und kauft eahm an Reider,
de andern verkummen – und er rennt scho weider.
Aber sche langsam werdn bleiern de Haxn,
er wird miader und miader, es krachn de Flaxn,
und er denkt si: »Kummt des von de Jaukn,
oder hätt i net solln so viel raukn?«
Doch er jappelt weider auf d' hinichn Schleich,
de Sunn geht scho abe, der Himmel wird bleich.
Da kummt er zum Stadtrand mit hängender Zungen
und denkt nur des ane: »Gelungen, gelungen!«
Da kummt eahm sei Hausmaster no in de Quer
und schreit: »Du rettest dein Freind nimmermehr!
Zu spät, sie ziagn eahm scho aufe auf's Kreiz,
rett du dir dei Lebm und verduft in de Schweiz!«
Doch er gibt net nach, reißt si no amal z'samm,
spuckt in de Händ und sagt: »Glei wer' ma's habm!«

und start' wia der Nurmi in d' Stadt.
Durt zaan s' den Freind auf's Kreiz aufe grad,
und der Tyrann, der hänselt eahm immer:
»Na, Depperter, dei Spezi kummt nimmer!«
»Der kummt«, rechelt der Freind, obwohl er's net glaubt,
auf amal siacht er von der Weidn, wia's staubt,
da kummt aner ghatscht, steßt auf d' Seitn de Leit,
und brüllt: »Machts mir Platz, i hab ja ka Zeit!«
Da schreit der Freind voller Freid: »Haladara!
Was sagst' jetzter, Tyrann, der Moräus is da?«
Den Tyrannen fallt abe vur Enttäuschung des Ladl,
er glaubt, er tuat tramen, und zwickt si ins Wadl,
aber es is wahr und wirklich ka Tram,
da Moräus is frank wieder daham.
»Freindschaft« schreit der Moräus, »geht mir über alls,
jetzt bin i da, Freind, und rett dir dein Hals!«
Und de zwa falln si vur Rührung so lang in de Arm,
daß d' Leit umerdum scho glaubm, de san warm.
Der Tyrann, der steht danebm und sinniert:
»Der Moräus, des Hundsviech, der hat mi blamiert,
jetzt kann i nix tuan wia vertuschn mein Gizzi«,
und schasfreindlich sagt er: »Es seids mir zwa Strizzi,
i mecht eich schee bittn in derer Stund:
Nehmts mi als drittn in eichern Bund!«
Da sagt der Moräus zum bekehrten Tyrann:
»Du, des is leiwand, mir brauchn eh an,
Niserl, scheib eine, uns kannst du net pflanzn,
du wirst unser Dritter – beim Preferanzn!«

DIE KASERNE

Wer kennt Tramhapping an der Treanschen?
I kenn's sehr guat. A liabs klans Nesterl. Mir fahrn scho lang auf Urlaub hin, weil uns vur Jahrn der Gemeindefotograf gsagt hat, mir passn so guat in de Landschaft – mei Mitzerl und i.
Des Bundesheer hat jetzt durt a neiche Kasern 'baut, und weil eh die Mittel knapp san, hat der Kommandant verfügt, daß die Rekruten, weil s' gnua Zeit habm, je nach ihren Fähigkeiten bei der Ausgestaltung ihres Heimes eingesetzt werden solln.

Die Einteilung der Leute hat a Unteroffizier übertragn kriagt, der schon Erfahrung mit Inneneinrichtungen ghabt hat und außerdem no Frontkämpfer war. Er hat nämlich als bluatjunger Soldat im Führerbunker in Berlin die Klomuschln zum Betreuen ghabt, und was sich da tan hat, wia die Russen immer näher kummen san, des kann ma sich ja denkn. Es war ka leichte Hacken – no dazua, wo es ja damals no gar ka ANDY gebm hat. Also, dieser Uffz hat die richtigen Fähigkeiten mit'bracht und hat aa des richtige Fingerspitzengefühl dafür ghabt, was er wem zumuten kann.
Kummt er in die Stuben – die Rekruten spritzen auf und stehen Habtacht – und sagt: »Wer von euch spielt ein Instrument?«
Sechs Mann melden sich. Damit hat er net grechnet, also fragt er weiter: »Wer spielt mehrere Instrumente?«
Melden sich drei Mann, zwa mit Harmonika und Klavier und aner mit Geigen, Trompeten, Zimbal und Balalaika.
»Das ist die richtige Mischung«, sagt der Unteroffizier zu den drei musikalischen Rekruten, die auf a klasse Hacken rechnen.
»Je mehr Instrumente, desto passender. – Ihr drei geht also jetzt sofort in die Kantine hinunter ...« – die Rekruten reiben sich hamlich vor Freud die Händ – »... und tragt die Wurlitzerorgel in den Kameradschaftsraum. Verstanden? Und jetzt: Ab durch die Mitte!«
So a Fingerspitzengefühl hat der ghabt, der Führerbunkerhäuselputzer.
Aber kurz danach is er mit sein Einfühlungsvermögen in Gatsch treten. Da hat ihm der Kommandant befohlen, einen geeigneten Mann für Zimmermalerarbeiten zu bestimmen, weil ihm in seinem Zimmer die Farb abblattelt.
Also hat der Unteroffizier einen Mann bestimmt, der is aber nach aner halben Stund bereits im Krankenrevier glegn, weil er von der Later abegfalln is.
Der Kommandant war fuchsteufelswild, hat den Unteroffizier kummen lassn und eahm angschnauzt: »Sind Sie wahnsinnig geworden? Sie schicken mit für Zimmermalerarbeiten einen Mann, der Apotheker studiert und außerdem äußerst schwindelanfällig ist. Wie sind Sie auf den gekommen?«
»Melde gehorsamst, Herr Oberstleutnant«, hat drauf ganz zerknirscht der Unteroffizier gsagt, »ich habe ihn für besonders geeignet gehalten, weil ich gehört habe, er stammt aus Bruck an der Leiter!«

WASST DU, WAS DES HASST

Waßt du, was des haßt,
wannst' rennst als wia a windiga,
kummst zum Bahnhof als a hiniga
und hast den Zug verpaßt.
Der nexte geht erst in der Fruah,
der Wind heult grauslich umadum,
heraußn rennen d' Eisbärn um,
und der Wartesaal is zua.
Du hast kan Schluck, du hast kan Tschick,
der Schwitz so dick als wiar a Lack,
der rinnt vom Schädel dir ins Gnack,
da wird umflort dein Blick.
Du hast im Wirtshaus zu lang 'praßt,
waßt du, was des haßt...

Waßt du, was des haßt,
wann nebenan wer Geignspieln lernt,
a paar Meter nur von dir entfernt,
ganz egal, ob dir des paßt.
Wenn ana stundenlang Etüdn
mit seinen Fidelbogen kratzt
und immer wieder patzt und patzt,
da gehst' hoch und spielst an Wüdn.
Du schreist: Bist' scho in Schädel hini?
Bei deinen Spiel, du Gurkenheini,
da ziagt 's ma ja des Hemad eini,
her auf, du Fetzenpaganini!
Und 's hert und hert net auf, des Gfraßt,
waßt du, was des haßt...

Waßt du, was des haßt,
du siehgst a fesches Maderl geh
und du bist nimmer jung und schee,
du bist nur der Kontrast.
Wannst du aa nimmer taufrisch bist,
du fühlst di immer no als Mann
und fliagerst gern des Menscherl an,
jedoch de Lage, de is trist.
Du tuast dir de Krawattn richtn,
legst schnell zwa Hoar no über d' Glatzn
und dann fliagst an den siassn Fratzn,
doch was du herst, tuat di vernichtn.
Se sagt: Verkumm, du schiacher Laast,
waßt du, was des haßt...

Waßt du, was des haßt,
wann du in netter Gsellschaft bist,
wo deine Surgn du vergißt
und ein hübsches Weiberl mit dir spaßt.
Du denkst dir hamlich: Geh, reiß o,
i kenn ja den Lavendel eh,
du haltst mi doch nur mit'n Schmäh,
und dann sagt s' überraschend »Jo«.
Da haut 's di um, dir kummt der Reis,
es fallt ein wahres Wort dir ein:
Man soll niemals zu goschert sein!
Du schaltest z'ruck, wirst wieder leis.
Dei Jugendkraft is scho verpaßt,
waßt du, was des haßt...

PFÜAT DI GOTT, DU ALTER SCHIMMEL

Weil i auf d' Rösser narrisch bin,
hab i s' wia meine Freind so gern,
doch kriagt ma heitzutag in Wien
an Huafschlag leider seltn z'hern.
Doch unlängst hab i gsehgn a Pferd,
am Strickl habm s's gführt,
da hat's mit 'druckt, i hätt fast 'plärrt,
so tiaf hat mi des grührt!

Und aa den Schimmel hat ma nie
in seinen Lebm a Plag derspart.
Er hätt a bessres Los verdient,
als was er si da heit erwart'.
Heit schreibt ma Dankbarkeit net groß,
des is a altes Liad,
de findt ka Mensch und findt ka Roß,
wann s' alt werdn tuan und miad.

Pfüat di Gott, du alter Schimmel,
gehst jetzt deinen schwersten Gang,
gehst den Weg ganz stad in' Himmel,
ohne Gschirr und ohne Strang.
Doch tua di net kränkn, es steht net dafür,
uns geht's so wie dir, uns geht's so wie dir.
Wannst' anziagst im Lebm, stehst' hoch in der Gunst,
auf an Dank wartst' auf jedn Fall umasunst.

Pfüat di Gott, du alter Schimmel,
tua net wanen um de Welt,
denn du hast da drobm in Himmel
alles, was dir da hat gfehlt.

emil

Aus der Krutisch-Küche

DIE KRONE DER SCHÖPFUNG

Wia der liabe Gott am siebmten Tag
si ausrast' von der großn Plag
beim Erschaffn dieser Welt,
da hat er 's Gfühl, daß no was fehlt.
Genau hat er's net definiert,
nur gfühlsmäßig hat er halt gspürt,
der Schöpfung fehlt trotz sein' Genie
no 's letzte Tüpferl auf'n »i«.
Da hat er d' Welt, de er gebaut,
si no amal richtig angeschaut,
hat gsehgn de Meere, Berge, Wälder,
de Täler, Seen, Flüsse, Felder,
de Viecherln alle mitanand
in der Luft, im Wasser und am Land,
und nix hat gfehlt, alls war komplett
und fertiggstellt von A bis Zett.
Und aa de Menschn, d' hechstn Wesn,
san scho in Paradies drin gwesn,
de als Schöpfungskrone warn gedacht,
wia sie der liabe Gott hat gmacht.
Und doch – so schee aa alles war,
so herrlich und so wunderbar,
hat es den liabm Gott trotz alln
no immer net so richtig gfalln.
Er ruaft herbei a klanes Engerl
und sagt zu eahm: »Geh, wart a wengerl,
schau dir amal de Welt jetzt an
und sag mir, was no fehlen kann.
Mir fallt es momentan net ein,
denk amal nach, was kennntert's sein?
Des Engerl war erschrockn sehr,
doch d' Aufgab war a große Ehr,
so hat es si halt driber'traut
und si so richtig umgeschaut.
Doch trotzdem's gsuacht hat viele Stundn,
an Fehler hat es nirgends gfundn,
de Schöpfung, de war ganz exakt.
Da hat des Engerl gsagt voll Takt:
»O Herr, dei Schöpfung is perfekt,
i hab kan Fehler dran entdeckt,
i find nix, was darin no fehlt
in deiner neu erschaffnen Welt.
Doch wannst no net zufriedn bist,
da gebert's was, was i no wüßt,
des kenntest no als Draufgab machn
zu all den wunderschenen Sachn.
Es miaßt was sein, so man i halt,
was alles andre überstrahlt,
was is so wunderbar und guat,
daß es de Welt beglückn tuat
und für alle Wesn auf der Erdn
zum greßtn Segn kenntet werdn.
Es miaßt was sein, ganz ohne Zweifel,
was si net fürcht' vur Tod und Teifel,
was di in kana Not verlaßt
und dei Stütze is, so langst's hast.
Es miaßert halt, o Herrgott mein,
von deinen Werken 's schenste sein,
nur was es is – verzeih es mir –,
des waß i net, des liegt an dir.«
»I dank dir, Engerl«, sagt der Herr,
»i waß scho gnua, i brauch net mehr.
I wer' des alles z'sammenfassn
und in an Gschöpf vereinigt lassn,
und des Geschöpf, des sag i dir,
des wird direkt a Stück von mir,
und drum solln's d' Menschn aa verehrn
als einen Teil von eahnern Herrn!«
Dann hat der Herrgott fröhlich glacht
und hat für d' Welt de Muatter gmacht.

HOT PANTS

De Weiber habm dar blede Tanz,
da rennen s' um mit de Hot Pants
oder wia de haßn Hosn haßn,
de eh nur jeder Zehntn passn.

Na guat, bei aner gsundn Katz,
da is des Hoserl ja am Platz,
de was mit ihrer Weltfigur
de Mannsbilder bringt aus der Ruah;
nur san des hechstens zehn Prozent,
ober was danebm so umanandarennt,
des halt da stärkste Mann net aus,
wannst' doda hischaust, kriagst an Graus.
De ane is blad wia a Bagauna
und hat an Gang wia a Dragauna,
de andre hat zaundürre Haxn
und statt dem Oascherl nur a Flaxn,
de dritte tuat zum Zeitvertreibm
bein Geh mit d' Haxn Bröselreibm
mit O-Fiaß, X-Fiaß und mit Stampfer
rennen s' um als wia de Rinnsaldampfer,
ober mit haße Hosen miaßn s' geh,
weil jede glaubt, sie is so schee.
De miaßatn – hätt i was z'sagn –
statt Hot Pants Krinolinen tragn!

AM ZEBRASTREIFEN

Auf dem Mariahilfer Gürtel,
eh in dem bewußten Viertel,
mitten drin im Stoßverkehr,
rennt a Weibsbild hin und her.
Rot zeigt längst scho an die Ampel,
und no immer rennt der Trampel
auf der Straßn wiar a Irre.
Amal zruck und amal fire
tuats an Eiertanz aufführn
und die Fahrer irritiern
zwa Meter außern Zebrastrafn.
Es kreischen Bremsen, knirschen Rafn,
es stockt des Herz für an Moment
an Lastler, der s' hätt bald derrennt.
Doch binnen weniger Sekunden
hat er die Sprache wieder gfunden
und schreit aus seinem Führerhaus
voller Wut auf d' Straßn raus:
»Alte Schachtel, bist du teppert wurdn,
mach auf der Straßn auf die Glurn;
wannst' scho umerennst, du Viech,
dann bleib wenigstens am Strich!«
Da keift sie z'ruck: »I will mei Ruah,
i man, vierzg Jahr warn eh lang gnua.«

DAS SCHLAFZIMMER

A junges Poar, ganz kurz getraut,
geht in a Möbelhaus und schaut
ob's bei der Firma dada net
a Schlafzimmer wo gebm tät,
was hamlich is und preiswert aa
und passen tät für eahna zwa.
Wia s' stengan vur an Trum Plakat,
wo draufsteh tuat ganz groß und brat:

»Das Schlafzimmer als bestes Stück
ist Grundstock für das Liebesglück«,
sagt sie errötend: »Kannst' mir's glaubm,
a französisches, des war mein Traum.«
A Verkäufer hört, was sie hat gsprochn
und hat a klasses Gschäft glei grochn,
drum preist er an a Schlafgemach,
des machert einen Mönch selbst schwach.

Französisch war's, des Bett ganz rund,
geeignet für die schwächste Stund
und siebzehnteilig, alls war dran,
sogar de Spiageln am Plafaun.
De Frau, de kriagt vom Schaun net gnua
und wird no röter um a Spur,
doch wia sie fragt, was's kosten tuat,
weicht aus'n Gsicht ihr glei des Bluat:
Vierzgtausend ohne Mehrwertsteuer!
Entsetzt schrein beide: »Viel zu teuer!«
und schaun se an a anders eilig.
Des war zwar nur mehr vierzehnteilig,
jedoch a Schlafzimmer aus Schweden
und aa voll Sex no für an jeden.
Des kost' nur dreißig samt der Steuer
doch eahna war des aa no z'teuer.
Es nexte war a spanisches,
dann a englisch-amerikanisches,
dann a indisches – betont vital –,
und dann a bayrisches – ganz rustikal –,
und bei jedn habm sie abgewunkn,
obwohl der Preis is ständig gsunkn.
Zwa Stunden habm sie scho gustiert
und den Verkäufer hat's scho gstiert,
doch eisern bleibm de zwa und hart,
und langsam schleift er scho an Bart,
weil er nur immer hert de Leier:
»Schee war's scho – nur viel zu teuer!«
»Jetzt oder nie«, denkt er si grantig,
»wenn's jetzt net hinhaut, wer' i hantig!«
und zeigt eahna no zum Vergleich
a achtteiligs aus Österreich.
Zwanzgtausend kost' des ganze Gspiel,
doch des is eahna aa no z'viel,
und beide fragn: »Habm sie nicht
ans, was billig is und schlicht?«
Da platzt dem guatn Mann der Kragn
und höhnisch lächelnd tuat er sagn:
»Schlicht und billig – aber ja!
A russisches hätt i no da.
Der wirklich allerletzte Schrei
zwischen Leningrad und Mongolei.
Bitte, es is zwar net Nuß,
aber dafür echt Kaukasus,
nur dreiteilig und leicht z'sammräumbar,
a wirklich prima guate War,
i waß, was i waß – bei so an Preis,
gnä Frau, verliern S' bestimmt den Reis,
a Angebot, daß ma si wundert,
Se kennan's habm um fuffzehnhundert.«
»Was – fuffzehnhundert? –« schreit der Mann,
»na, des russische schau i mir an.
Jetzt sagn S' mir aa no schnell, Se Schlimmer,
aus was besteht des Zimmer?«
Drauf sagt eahm der Verkäufer wild:
»Aus an Strohsack, an Sackerl Wanzn und
an Breschnewbild!«

MELONEN

Gefürchtet ist als Standlerschreck
bei uns am Markt der Hawlitschek.
Er hat viel Zeit, denn er is schon
seit einem Jahr in Pension
und führt den Haushalt ganz genau,
weil no in d' Arbeit geht sei Frau.
Er ist a ganz a klanes Mandl,
doch wenn er einkauft bei an Standl,
und is es um zwa Schilling bloß,
da spielt er auf sich riesengroß.
Da wird er eine echte Gfahr,
ihm paßt der Preis net und die War,
des weiße Kraut is eahm zu grau,
de Zwetschkn san eahm z'wenig blau,
und gar ka Saft is in de Ruabm,
und in de Kirschn sitzt der Wurm.
Dann keppelt er, daß der Salat
nur mehr verwelkte Blattln hat,
und noch und noch – und noch und noch
und auf jedn Fall: der Preis is z'hoch!
Er hat a recht a lose Goschn
und feilscht um einen jedn Groschn;
jedn Standler schlaft gleich ein des Gsicht,
wann er den Hawlitschek nur siecht.
Unlängst hat mir aner gsagt,
der über 'n Hawlitschek hat 'klagt:
»Um an Schilling treibt der Büttenzwerg
a Laus auf 'n Galiziberg.
Uns allen is des scho zu dumm,
drum habm mir ausgmacht rundherum,
mir nennen recht an hohen Preis,
der Hawlitschek verliert den Reis,
und unser Markt taugt eahm dann nimmer,
dann hättn mir eahm los für immer.

In dem Moment kummt um des Eck
mit 'n Einkaufskorb der Hawlitschek,
schaut umadum als wia a Geier
und murmelt: »Alles viel zu teuer!«
A Standlfrau schreit si grad heiser:
»Schene Gurkn – Paradeiser!«
und wia der hört die Standlerin,
da start' er wia der Nurmi hin,
drängt an die Seitn alle Leit
und fragt: »Was kosten d' Gurkn heit?«
De Standlerin sagt drauf ganz keck:
»Sehr teuer san's, Herr Hawlitschek.
I sag Ihna's ganz ohne Schmäh,
de Gurkn san aus Übersee,
siebzig Schilling kostet das Kilo.«
»Hörn S', mir scheint, Se san scho dillo!«
schreit der Hawlitschek darauf,
»die hebm S' für an Trottel auf.«
Drauf mant de Marktfrau unbeirrt:
»De san eh für Ihnen reserviert!«
Da geht der Hawlitschek in d' Heh
und pfaucht: »I bin ja do ka Weh,
glauben Se, i hab an Pecker?
Mir gebm S' Zwetschken – zwanzig Deka,
dann zwa Marilln, und net mehr,
und sieben Deka Heidelbeer!«
»Verduften S'«, sagt die Marktfrau drauf,
»sunst setz i Ihna d' Kisten auf.
Jetzt kriag i wirklich bald an Grant,
Se Abbrandler – Se Negerant!
Wegen Ihna, hern S', Se Landesplag,
kauf i ka Apothekerwaag.«
»Ah sooo –« sagt drauf der Hawlitschek
und blast sich auf als wiar a Geck,
»jetzt werden S' aa no ordinär.
Des meld i jetzt dem Kommissär;

i schwör Ihna's, der freche Ton
kost' Ihna no de Konzession.
Und jetzt mechtert gern i a Melone,
net groß – nur so wiar a Zitrone,
aber siaß muaß s' sei und wirklich billig,
dann bin i wieder friedenswillig.
Bitte schnell, i hab ka Zeit!
Was kosten die Melonen heit?«
Da sagt sie drauf: »Heit habm S' ka Glick,
vierzig Schilling kost' des Stick!«

»Waaas?!« schreit da entsetzt vor Schreck
voller Wut der Hawlitschek.
»Bei so an Preis bin i perplex.
Wissen S' was, Sie alte Hex:
Ihna Preis is gar net ohne
für a tepperte Melone;
i brauch s' net, diese teure, feine,
schiab'n S' Ihna s' in Hintern eine!«
»Des geht net«, sagt drauf d' Standlerin,
»da hab i scho an Kürbis drin.«

12

DER ADAM

A Fuaßballer in der Kabin
steht beim Umziagn pudlnackert drin,
de andern san scho auße g'huscht,
nur er hat si zu lang geduscht
und trocknet langsam si erscht o,
drum steht er jetzt no nackert do.
In dem Moment kummt ganz genau
dazua vom Platzmaster de Frau,
sie wollt de Schmutzwäsch wegatuan
und siecht den Adam grad von vurn.
Der halt si seine Händ schnell vur
und schreit: »Machen S' de Augn zua!
Was S' jetzt bei mir da gsehgn habm, leider,
dazöhln S' do hoffentlich net weiter!«
Drauf sagt de Frau: »Habm S' nur ka Furcht,
i hab ja ganz was anders gsuacht.
Was i gsehgn hab, wer i net verbreitn,
es warn ja eh nur Klanigkeiten!«

DER FUASSBALLTIGER

I waß net, soll i heit am Spurtplatz geh?
's Weder war ja wirklich schee.
Wann 's Match nur halbwegs aa so wurdt,
entschliaßert i mi glei sofurt.
Aber was kannst' heite scho erhoffn?
Da rennen elfe um wia bsoffn
und kitzeln d' Grashalm mit de Stoppeln,
dann brauchst' de Anzahl nur verdoppeln,
weil d' andern elfe visavie
san aa alls andre wia Genie.
De tan si aa net grad derstessn,
verschiedn san da nur de Dressn;
gemeinsam haltn s' di am Schmäh,
du brennst dafür und bist der Weh.
Früher war's ja da viel schena,
da habm de Kicker viel mehr kenna;
von Sindelar will i net redn,
der is Legende scho für jedn,
naa – so in de Vierzger-, Fuffzgerjahr
der Stojaspal, der Melchior,
de Körnerbuam, der lange Binder,
des warn no Zeitn, Kinder, Kinder!
Wanen kennt i in mein Kammerl
um an Ocwirk, Nemec, Hammerl,
an Dienst, an Zeman, Pelikan,
an Wagner, Bokon, Hahnemann;
alle z'nennen wurdert z'viel.
Von denen hast no gsehgn a Gspiel,
da hat's an gfreit, de habm was 'zeigt,
wann s' auf an Fuaßballplatz habm 'geigt.
Des warn no Kicker von Format,
da war ka anzigs Match net fad,
was de mit'n Gegner oft habm triebm,
da is ka Hoserl trockn bliebm.
Aber heit is alles habedere,
Heit brauchn s' Auslandslegionäre!
Naa, wirklich wahr, mi gfreit's gar nimmer:
A Schütznkenich mit zwölf Trümmer
war damals hechstens zehnter wurdn,
bei sowas kriag i glei an Zurn.
I laß mi nimmer länger pflanzn
und geh zum Wirtn preferanzn.
A naa! Durt is ja kaner – ätsch,
de gengan alle do aufs Match.
I waß net, soll i aa no geh?
's Weder war ja wirklich schee,
daß i net wolltert, is ka Red,
i waß net, soll i – soll i net?
A was – i geh! Vielleicht – wer waß –
san s' heite wieder amal klaß,
und versamert i's – net auszumdenkn,
da tät i mi scho furchtbar kränkn!

KASSE 2

BLEDE RÖHRN

»Blede Röhrn« is a Spiel für sonnige Gemüter, de so richtig von Herzen bledeln kennen, ohne si dafia zu scheniern. Der Richard Czapek – des is der Komponist, der was so viele schene Wienerlieder gschriebm hat – hat's in der Gfangenschaft kennenglernt.

»Doofe Röhre« hat's durt ghaßn und hat eahna de Langeweile vertriebm. Mir spüln des immer, wann mir zsammkummen, der Richard und de Hilde und de Mitzerl und i. So fünf bis zehn Minuten als Auftakt für an gemütlichen Abend. Geht ungefähr so:

»Seid's scho da?« fragt der Richard, wia mir kummen.

»Naa«, sagt de Mitzi. »Mir habm uns nur vorausgschickt, daß mir eich sagn kennen, mir kummen erst in aner Stund.«

»Mir habm nämlich mit der Dampftramway an Umweg über'n Donauturm gmacht, weil der Schaffner in Wechsel is«, derzähl i weiter. »Und durch die Verspätung samma jetzt a halbe Stund früher da. – Was gibt's zum Essn?«

Mant de Hilde: »Kragenknöpferl in Essig und Öl hätt i oder a bachene Kronenzeitung. De is zwar von übergestern, aber es brauchts kane Zahnstocher, weil der Staberl drin is.«

»Was wollt's trinkn?« fragt der Richard.

Sagt de Mitzi: »A Stamperl Quecksilber. Aber von an Fahrenheitthermometer, weil des hat mehr Grade, und mir is so kalt.«

Mir setzen uns nieder. »Was gibt's Neichs?« frag i den Richard.

»A große Schweinerei« sagt er. »Dem Zawadil sei Alte hat seit dem Sechsazwanzgerjahr ihrn Feuerbestattungsverein ein'zahlt. Jetzt hat er's wolln einäschern lassen, und de habm s' net verbrennt.«

»So a Frechheit!« sagt de Mitzi. »Warum denn net?«

»Weil s' no net gsturbm is!«

»Blede Schmäh«, sag i drauf. »Wia spät is's überhaupt?«

»Waß i net genau«, sagt de Hilde grantig. »Unser Kuckucksuhr is jetzt so unverläßlich, seit der Kuckuck bei der Gewerkschaft is und die Vierzigstundnwochn einhalt. – Aber was gibt's bei eich neichs?«

»Nix bsonders« sag i. »In der Kuchl regnet's, im Wohnzimmer schneibt's, und in d' Bettn habm mir a Glatteis. Dabei hat der Doktor Kletter gsagt, es

wird warm. Aber jetzt wird's Zeit für'n Blederehrnquiz. A Elferfrag: Welcher Monat hat an Taufnamen und an Familiennamen?«
Kaner waß des.
»Der Tember« sag i. »Der haßt mit'n Taufnamen Sepp!«
»Guat« sagt der Richard. »Aber was is a Ureinwohner?«
Wieder waß des niemand. Sagt der Richard trocken: »A Wanzen in aner Pendeluhr!«
Drauf mant de Hilde: »Mei Frag werdts aa net derratn. Wer is seiner Zeit hintnnach? – Es wißt's es eh net: Jemand, der im Juni Karl Mai lest!«
Jetzt fehlt no de Mitzi. Statt aner Quizfrage sagt se:
»In an Scherbm liegt a Germ.
›Nur kan Lärm‹, sagt der Scherbm.
›I erwärm jetzt de Germ,
dann muaß s' sterbm ohne Erbm
in den Scherbm!‹«
»Sie is scho wieder bei de Kochrezepte« sagt de Hilde. »Aber jetzt wird's wirklich Zeit, daß mir was essn und trinkn. Der Toni macht den Abschluß von der bleden Röhrn.«
»Guat« sag i. »Ein modernes Gedicht:
A Komteß und a Prinzeß
fahrn voll Nobless nach Loch Ness
zu an Kongreß.
Unterdess
steigt a Mätress
in den Expreß.
Sagt die Stewardeß:
›Falsche Päss und ka Adress
gibt an Prozeß!‹
Fragt die Komteß:
›Spielt die Mätress vielleicht Hosteß?
›Na!‹ sagt d' Stewardeß.
Wegen dem Streß spielt s' ganz kess
mit den Herrn Am-dam-des ...«
Des is blede Röhrn!
Probiern Sie's amal ...

DER WETTERBERICHT

Mitte Jänner vurigs Jahr,
wia grad de große Kältn war,
sitz bein Fernsehn i in Zimmer
und hör de Nachrichtn wia immer.

Programm war wirklich recht a guats,
und aa de Zeit im Bild, de tuat's,
nur von Weder der Bericht
war a recht a blede Gschicht.
Der Sprecher streckt si auf de Ärme'
und sagt: »Heit hat es dreißig Grad Wärme!«
»Hast du des ghört?« frag i mei Frau,
»der sagt heit dreißg Grad Wärme au',
und draußn rennen d' Eisbärn um,
i glaub, der is a bisserl dumm.«
»I hab net auf'paßt« sagt mei Frau,
»aber deppert is er kaum, der Mau'.
Du hast schlecht ghert, so will i hoffn,
oder bist' scho wieder bsoffn?«
»Natürlich i!« sag i drauf wild,
»wart auf de nexte Zeit im Bild,
da paß ma auf dann beide sehr,
ob i bin bsoffn oder der!
I hab do heite in mein Wamperl
eh erst 's achte – neinte Stamperl,
des is für mi ka Quantum net,
da glaub i früher, der is fett.«
Damit i mi net do blamier
und daß i d' Kältn richtig gspür,
halt d' Hand ins Freie i voll Zurn
und hätt mir bald de Klebln gfrurn.
Bei der nextn Wettermeldung dann
sagt der gleiche Sprecher wieder an:
»In Attnang-Puchheim hat's zur Zeit
dreißig Wärmegrade heit,
in Attnang zeigt es fuffzehn au'
und in Puchheim aa, san dreißig genau.«
Da warn mir beide ganz perplex.
I sag zur Altn: Siagst, du Hex,
i hoff, es is dir jetzt gewiß,
daß nur der Sprecher bsoffn is.
Jetzt ruaf i an den ORF
und beschwer mi drüber bei sein Chef.«
Der Chef war freundlich wirklich sehr
und sagt, daß des net möglich wär,
es hat si niemand no beklagt,
der Sprecher hat stets »Kältn« gsagt.
Und diskret deut' er no drauf hin,
ob i a bisserl deppert bin.
Uns hat des beide richtig gschwanzt,
wia's halt so is, wann an wer pflanzt,
so hab i no zwa Nachbarn gfragt,
durt hat er aa nur »Kältn« gsagt.
»I glaub« sag i, »mir san plemplem,
so was gibt's do net im Lebm,
daß der in unsern Apparat
statt Kälte- ansagt Wärmegrad.«
Mei Weiberl sagt: »Des macht mi krank,
da wird mir ja glei angst und bang,
i hab bestimmt an Tram, an bösen,
wann i net kann des Rätsl lösen.«
Danach springt s' auf, de guate Seel,
dabei bleibt s' hängen bein Fauteuil
und fliagt bis an de andre Wand.
Auf amal schreit sie auf erstaunt:
»Jessasna, jetzt bin i froh,
du, i hab de Lösung scho,
warum der immer »Wärme« sagt,
obwohl de Kältn uns so plagt.
Wirklich wahr, du hast an Pecker,
du hast heit den Fernsehstecker –
hab i jetztn grad entdeckt –
an der Heizung angesteckt!«

emil

DER RENNFAHRER

A recht a liaber Stammgast vom Pauserwirt is der Krapfenbacher. Richtig nett und gefällig is er – nur halt ka geistige Größe. Des san ja meistens die netten, gefälligen Menschen net, denn wer a Köpferl hat, der braucht net nett und gefällig sein. Drum ärger i mi immer, wenn von mir gsagt wird, daß i ungemein nett und riesig gefällig bin. Aber laß ma des – es geht ja um den Krapfenbacher.

Also, der sitzt unlängst beim Manfred, trinkt still sei Glaserl Wein und lest aufmerksam die Meidlinger Bezirkszeitung. Auf amal steßt er an Überraschungsruf aus und schreit: »Des giiibts net – des derf net waaahr sein!«

Wie der Wirt fragt, warum er si so wundert, sagt er mißbilligend: »Ja kriagt denn der Krutisch gar net gnua? – Jetzt tuat er eh scho dichtn, schreibm, vortragn, Kabarett spieln und was Gott was no, und jetzt muaß er a no Autorennen machn! No dazua in einem Saal. Wia des geht, kann i mir gar net vurstelln. – Vielleicht GO-Kart, des gingert eventuell no, wenn der Saal entsprechend groß is. Also sowas – i glaub, der Anton is teppert wurdn.«

Jetzt is des Erstaunen beim Pauserwirtn.

»Was reden S' denn da z'amm, Herr Krapfenbacher?« mant er unsicher. »Unser Krutisch, der Obmann von de ›Guaten Weana‹, soll Autorennen fahrn? Da miassen S' Ihner wieder amal täuschn. Soll ja schon öfters der Fall gwesn sein, net?«

»Nix täusch i mi«, sagt der Krapfenbacher a bisserl überlaut und ziemlich grazt, »i bin ja net teppert und lesn kann i aa no.

Da steht's schwarz auf weiß, daß der Krutisch im Festsaal von der Gewerbeschul in der Malfattigassen an Auto-Rennabend hat. Wenn S' es net glaubm, dann lesen S' es selber.«

Ziemlich unwirsch und a bisserl beleidigt streckt er dem Manfred die Bezirkszeitung hin – und wirklich wahr, da steht schwarz auf weiß drin:

Malfattigasse, Festsaal der Berufsschule
Montag 20 Uhr
Autorenabend Anton Krutisch

Alle Jahre wieder

FRÜHLING WIRD'S

Ma kann scho ohne Handschuach geh,
de Kältn hat si brochn;
gestern hat's nach Schnee no grochn
und heit scheint d' Sun so schee.
De Vogerln zwitschern scho in d' Bam:
Frühling wird's – ganz in der G'ham!
Jetzt braucht ka Hausmasta mehr klagn,
der Schnee, der is scho weg,
nur hie und da a klaner Fleck,
und de Maderln wer'n bald Mini tragn.
Für d' Männerwelt a siaßa Tram:
Frühling wird's – gaunz in der G'ham!
Schau, wia's überall scho sproßt!
Und net nur draußt in der Natur,
naa - jedes Dirndl, jeder Bua
gspürt den Lenz scho – kost's, was's kost'.
Da regt si 's Gfühl net nur daham:
Frühling wird's – ganz in der G'ham!
Der Frühling halt si scho bereit,
und weil der Winter weichen muaß,
bring ham an klanen Blumengruaß
und zeig damit dei Freid.
A klanes Sträußerl für d' Madam:
Frühling wird's – ganz in der G'ham!

OSTERN

Ostern is' – des is de Zeit,
wo dran denkn solln de Leit,
daß der Herrgott ohne Klagn
für de Menschheit 's Kreiz hat tragn.
Was raunzen oft de Menschn z'samm,
wann s' a Binkerl z'tragn habm,
und denkn dabei gar net mehr,
is Kreiz war tausendmal so schwer.
Drum: wannst du a dei Kreiz oft hast,
trag geduldig deine Last;
als Christenmensch muaßt du dir sagn,
du hilfst dein Herrgott halt beim Tragn.

MUTTERTAG

Muttertag – des is der Tag,
wo manchen einfallt mit an Schlag,
daß er heute muaß was tuan
für de Frau, de eahm geburn;
daß sie wartet auf an Gruaß
und er ihr was kaufen muaß.
Er hat wenig Zeit – gewiß,
aber weil's so üblich is,
will er machn ihr a Freid,
denn was sagerten de Leit,
wo er eh scho seit an Jahr
net bei seiner Mutter war.
Weil so lang er da net war,
is natürlich eahm net klar,
was sie als Geschenk gern hätt
oder wirklich brauchen tät.

Drum kauft er schnell an Bledsinn z'samm,
mit dem sie soll a Freide habm,
aa wann sie des gar net mag –
und des nennt er Muttertag.
Hats' ka Freid, dann sagt er gar,
die Mutter, de is undankbar;
dabei tät a Klanigkeit sie rihrn,
wenns' dabei a Herz tät spirn.
Darum is es wirklich wahr:
Wer a anzigsmal im Jahr
nur waß, daß er a Mutter hat,
bei dem is um die Bleamerln schad!
Wer nur einmal – net zum Fassen –
im Jahr an seine Mutter denkt,
der soll's liaber bleibm lassen,
weil ers' damit eh nur kränkt.

OLYMPIADE

Olympiade – Fest der Jugend,
Fest des Mutes und der Tugend,
Friedenswettstreit aller Klassen,
aller Völker, aller Rassen,
dienend nur der Weltversöhnung!
Der Sieger steht als höchste Krönung
unter dem Olympiaflammerl
als Symbol dafür am Schamerl,
so war es dereinst geplant
von an Mann, der's guat hat g'mant. –
O Baron de Coubertin,
du drahrerst di im Grab um drin,
wennst du sehgn tätst voller Zurn,
was aus der Idee is wurn.
Rassenhaß und Politik
habm ihr längst scho draht den Strick,
und a der Olympiaschwur
is a pestigs Häkerl nur;
von de Jassen, sagt's ma – Wer
is da no a Amateer.
Wirkli wahr, ma kenntat speibm,
wann ma siecht, was de so treibm.
Tät's Medaillen gebm für 's Liagn
miaßt jeder fast a »Goldne« kriagn!

DER FREMDENFÜHRER

Kriagst vom Ausland du Besuch amal,
dann zeigst' eahm Wien auf jedn Fall,
doch leider is des ane gwiß,
bei uns is oft des Weda mies.
Wanns draußn richtig pritschln tuat,
dann is des Fremdnfiahrn net guat,
da bist' net haß auf s' viele geh,
wanns z' Haus so gmiatlich is und schee.
Da kannst dir helfn, gar net schwer,
du nimmst dir halt dei Weiberl her
und zeigst am Körper deiner Frau
den Fremdn d' Weanastadt genau,
die Stadt voll Lust und Poesie,
nur mit a bisserl Phantasie.
Durt, wo dei Frau de Guckerln hat,
sagst' – is des Lugeck in der Stadt,
und 's Goscherl von dein' liabm Schatz
symbolisiert den Keplerplatz.
Dann machst' a bisserl d' Brust ihr frei
und zeigst eahna de Mölkerbastei,
auf der rechtn Hand von ihr des Ding
is der Ehe- oder Stubenring,
und links des Armband schwer und rund,
des is der Brillantengrund.
Um neue Gegendn zu findn
zeigst' eahna d' Alte dann von hinten,
und hats a Dekolleté, a weits,
zeigst' glei auf d' Spinnerin – am Kreiz,
und glei am Rande von dem Viertel
is rundherum um sie der Gürtel.
Oberhalb davon is's ziemlich fad,
da is de Simmeringer Had,
aber unterhalb – am End vom Rückn
– sie braucht se nur a bisserl bückn –
wird's interessant, denn durt gibt sie
an Ausblick auf de Peripherie.
Da nimmst' a Staberl dann zum Weisen
und sagst, des is der Stock im Eisen.
Dann zeigst' an Hügel vom Popo
– Krapfenwaldl und Hameau –
und der zweite is – net, daß i mogel –
a Ebenbild vom Hermannskogel,
und im Einschnitt fliaßt, ganz eng und schmal,
der Alserbach durchs Liachtental.
Dann fahrst' mit'n Staberl von de Knia
die beiden Schenkel aufwärts ihr
und sagst den Gästen: dada secht's
de Wienzeiln links – de Wienzeiln rechts
und in der Mitten drinnen no
den Naschmarkt mit'n Verkehrsbüro.

HERBST

Herbst is' – da falln de Blattln von de Bam
und 's geht bergo in der Natur,
Herbst is' schee langsam aa bei mir daham,
i bin seit Neuesten scho für de Ruah.
So sukksesive wia i aa a alter Bam
und meine Blattln san de Hoar,
beim Kampln kriag i jedesmal an Fam,
büschelweis falln s' aus, und bald san s' goar.
Mein Gott, was hab i früher oft tendiert,
der Welt hab i a Loch ghaut alle Tag,
heit wer' i vom Denkn dran scho miad, –
Herbst is' halt bei mir, des is ka Frag.
Und aa mei Alte hat den Herbst scho in de Knochn,
wenn s' d' Einkaufstaschn zaht, dann keucht s' daher,
und dann beim Z'sammrama und Kochn,
da siecht ma aa, es fallt scho schwer.
Herbst is' aa bei ihr, de Kraft is leicht erloschn,
sie gibt's net zua, nur kneißen tuat s' es aa,
aber beim Keppln geht ihr no de Goschn,
wia wann s' im ersten Lebensfrühling war.
Herbst is' für d' Menschn grad so wia für d' Bama,
nur werdn de Bam im Frühjahr wieder grin;
mit habm's da schlechter, Leitln, vielleicht samma,
wann d' neichn Blattln kummen auf de Bam, scho hin.

KRAMPUS UND NIKOLO

Der Krampus und der Nikolo
warn heite bei de Kinder da,
des war a Höllenremasuri
und no dazua a Batzn Gsturi.
Waßt eh, wia's is, wann si de Altn
amal für was Besunders haltn,
wannst' doda zuaschaust, kannst' di z'reißn,
da muaßt' des Lachn stets verbeißn,
aa wann's di gfreit, daß manche Leit
an altn Brauch no pflegn heit.
In unsern Haus, da gibt's des no,
und jetzt herts zua, des war a so:
Der Krampus war a Murdstrumm Lackl,
hat O-Fiaß ghabt als wia a Dackl,
und wann er umadum is ghupft,
hat si am Bauch de Fettn gschupft.
I hab glei gwußt, der alte Bock
is der Zawadil von drittn Stock,
denn sei Larvn war genau so mies
wia in Wirklichkeit sei eigens Gfries.
Sei Fell war aa scho recht verwuzelt,
und wann er gredt hat, hat er 'zuzelt:
»Ich frag euch, Kinder, warts ihr brav?«
Dabei hat gwackelt er mit'n Schwaf,
und dazua hat er als wia deppert
mit der Kettn an der Buttn gscheppert.
Der Nikolo war klan und dirr,
es war der Huaber von Tür vier,
a altes Manderl, dünn und zart,
's Greßte an eahm war der Bart,
hat ghabt a hoche Fistelstimm
und lauter Bledsinn außegschiebm.
Des Nikolokostüm war a Gedicht,
des hat er selber z'sammengricht',
wia i aus sichrer Quelle waß,
denn kosten soll er nix, der Gspaß.

A langes Nachthemd von der Altn,
hint' und vurn mit Rüscherlfaltn,
als Oberteil a Scheibmvurhangl,
der Bischofsstab a Besenstangl
mit weißn Kreppapier umwickelt,
de Stola, de war z'sammengstickelt,
und mit der Bischofshaubm, der langen
is er den Krampus bis zur Achsl 'gangen,
als hätt eahm der von Sack ausgstraht
und wia an Fetzn mitverzaht.
Des war a Poar, da haut's di um,
als wia aus dem Panoptikum.
De Kinder aber hat's net gstert,
vur lauter Angst habm s' alle 'plärrt,
san's gfragt wurdn, habm s' stotternd gredt
und schnell a »Vater unser« 'bet'.
Nur der Niaderhuaberin ihr Klaner
hat gar nix gredt vur lauter Wana
und hat nur 'kiefelt an sein Lutschkerl
in seiner Angst, des klane Zwutschkerl.
Von Hausmaster de Raubersbuam
warn aa ganz dasig wia de Ruabm,
obwohl s's sunst habm fingerdick
hinter d' Uhrwaschln, de Galgnstrick.
Aa d' Helga, 's Töchterl von der Meier,
de sunstn schwafelt wia a Leier
und a kindlich-freche Goschn hat,
is gstandn wia a Zinnsoldat
und hat nur immer leise gwispelt
und ihre Sündn abeglispelt.
So san unter Ruatnhieb und Brummen
de Gschrappn auf de Scherbank kummen,
und d' Altn habm si hamlich 'deit':
Schauts nur, wia de brav san heit!
Nur von erstn Stock der Prokurist
hat gsagt: »Des is a Schuastermist.

An Schock kennen de Kinder kriagn,
i kann s' ohne Krampus aa erziagn.«
Dabei haun aber seine drei
jede Wochn a poar Fenster ei',
und der Psychologe kann dann rennen
und überall den Schadn brennen.
I halt nix von de neichn Moden
und psychologischen Methoden,
und d' Kinder niemals gspürn an Herrn
und nacher nur Strawanzer werdn.

Heit muaßt' di eh scho bei der Liachtn
auf der Gassn von de Gschrappn fürchtn,
weil si von d' Großn kaner 'traut
und an a Watschn abehaut.
Der Huaber und der Zawadil
habm eahna gebm no des Gfühl,
daß net alles, was ma treibt,
für an Gschrappn straflos bleibt.
Da san s' dann leichter zum derreitn,
drum sollt ma dankbar sein den beidn,
und ebm deswegen sag i ja:
a Krampus schadt net hie und da!
Mir habm aa vur eahm den Reis verlurn
und san dabei net deppert wurdn,
denn wia ma d' Nuß und d' Feign habm gfressn,
da war der Schock scho längst vergessn.
I war so glicklich, war i nur
no a anzigs Mal a klaner Bua,
i tät mi gern vurn Krampus bangen,
wann i no amal kennt von vurn anfangen!

NEUJAHRSGELÜBDE

Zum neichen Jahr nimmst du dir vur,
ab jetzt reit i a andre Tour:
Des lange Aufbleibm stell i ein
und üppig essen laß i sein,
des Rauckn, des wird abgewöhnt,
und Alkohol is streng verpönt.
Schlag Zwölf is Schluß – ab derer Stund
leb i nur no solid und gsund!
Am erstn Jänner haltst' des ein
– da tuast no übernachtig sein –,
am zweitn is ganz spät a Western,
da vergißt du scho den Schwur von gestern.
Am drittn – darauf mecht i wettn –
rauchst du scho zwanzig Zigarettn,
am viertn dann, des schwör i dir,
trinkst du zum Essn scho dei Bier,
und nachher geht's dann wia der Blitz:
am fünftn Wein und Slibowitz –
und zu Dreikönig, des is klar,
is alles wia im alten Jahr. –
Zerknirscht fragst du dich fallweis dann:
Wann fang i wirklich anders an?
I hab an Trost für di, mei Bester:
Es kummt ja wieder a Sylvester!

em.

Leitln, seids gwarnt

WANN DER BETTLER AUF'S ROSS KUMMT

Wann der Bettler auf's Roß kummt,
kann er's niemals derreitn,
weil er nimmermehr loskummt
von de pestign Zeitn.
Was er niemals no g'habt hat,
schmeißt er achtlos jetzt weg,
für eahm is des Beste
nur a minderer Dreck.
Wann er's zu was 'bracht hat,
mecht er mehr und no mehr,
und wann er irgend a Macht hat,
is kana herzlos wia er.
Er mecht gern vertuschn,
welche Null er einst war,
und alle solln kuschn,
sonst san s' in Gefahr.
Drum muaß ma si hiatn,
kummt a Bettler an d' Macht;
so hochgschwabte Niatn
habm viel Unglück scho 'bracht.
Wann der Bettler auf's Roß kummt,
is der Teufel oft los,
nur haßt's nachher meistens:
»Schuld war des Roß!«

A MENSCH, DER KANE FEHLER MACHT

A Mensch, der was kan' Fehler macht,
der is no net geburn,
doch hast du einen Fehler gmacht,
is no net alls verlurn.
So lang's zum Reparieren geht,
pack 's Schicksal fest beim Schopf,
doch ungschehgn machn kannst' es net,
des schlag dir aus 'n Kopf.
De Reue, de is oft vergebms,
es kann si jeder irrn,
doch merk dir ans: im Buch des Lebms,
da gibt's ka Ausradiern.

WAS DU AMAL VERSAMT HAST

Es waß ka Mensch, was eahm im Lebm no bevursteht
und was des Schicksal no für eahm am Lager hat,
er bild't si ein, daß eahm a Stickerl Glick no zuasteht,
und denkt nix Schlechts, auf amal hat er den Salat.
Er nimmt si vur, was er no alles wird derpackn,
und in der nextn Stund liegt er scho auf der Dackn.

Wer du bist, du bist ja do nur a klans Liachtl,
und es is wurscht, wieviel an Geld und Macht du hast,
denn gegn 's Schicksal is der Stärkste nur a Z'niachtl,
weil 's eahm mit an ganz klan Haucher weggablast.
Nur der is gscheidt, der si im Lebm was vergunnt hat,
weil er beim Abschied dann zum Wana aa kan Grund hat.

Was du amal versamt hast, holst du nie wieder auf,
jede Stund, diesd' verhaust, is im Brunn'.
Wannst' ins Winkerl di stellst, ja dann nimmst' es in Kauf,
und du kummst nie vom Schattn in d' Sunn!
Drum nimm dir vom Lebm alles, was d' kriagst,
wannst' manchmal dei Konto aa iberziagst!
Kriagst' net alles, was d' willst, so versteif di net drauf,
nur versam nix, du holst's nimmer auf!

SAG NET . . .

. . . es gabert kane nettn Leit,
nur unguate und Parasitn,
nur: wannst's findn willst, dann sei aa du bereit
zu an guatn Wurt und laß di net erst bittn.
Sag halt als erster »Guatn Tag – Grüaß Gott!«
und schau dabei recht freindlich drein,
dann miaßt's do klappn, sapperlot,
ma wird di megn, kannst sicher sein.
An Anschluß findt a jeder, wann er will,
a freindlichs Wurt findt stets sein Widerhall,
nur brauchst' a Herz und halt a bisserl Gfühl,
denn nette Leit gibt's wirkli überall.

ABSCHIED

Wannst' von mir geh willst – schön, dann bitte geh,
denn mit Gewalt an Menschn haltn hat kan Sinn;
daß's nimmer guat tuat mit uns zwa, des waß i eh,
und glaub nur net, daß i jetzt traurig bin.
Geh do, wannst' willst! – Nur z'ruck zu mir kumm nimmer;
i bin net bes und wer' bestimmt auf kan Fall schwach,
und wannst' aa gehst – i bleib a Tschent wia immer
und sag dir net amal was Schlechtes nach.
Daß d' fäu' und schlampert bist, des wer' i net beredn,
des war nix Neiches in de ganzn siebm Jahr,
denn wann wer kummen is, is's aufgfalln glei an jedn,
daß unser Wohnung niemals urndlich z'sammgramt war.
De Vurhäng, de warn immer schwarz als wia a Raupfang,
und aa zum Fensterputzn warst net zum bewegn,
da bist' viel liaber in der Finstern halbe Tag lang
mit so an Schundroman bequem am Diwan glegn.
'kocht hast' nur wenig, und aa des war net zum Schlickn,
alles war an'brennt, scho beim Riachn war mir mies,
und auf'n Gasherd hat ma gsehgn de Krustn pickn
von dem, was vur drei Monat über'gangen is.
Und wia mir aus'putzt habm – des is von mir net glogn,
weil i no niemals a Kritik hab übertriebm –,
da habm de Spinnwebm an de Wänd drei Kilo gwogn,
und nacher is der Malerdreck auf d' Türstöck' bliebm.
Pscht! Du sei jetzt stad und laß mi sagn, was mi druckt,
i richt di eh net aus und halt dir aa nix vur.
Nur: a jeder Schilling hat di in der Hand glei druckt,
und 's ganze Kostgeld war dir leider niemals gnua.
Bist in Kaffeehaus gsessn täglich bein Kanaster,
hast vierzg Zigrettn und fünf Mokka dabei 'braucht,
und wannst' dei Maß verlurn hast bei de Gfraster,
hast' mi daham wegn jedn Schmarrn z'sammengstaucht.
So zwa-, dreimal in jeder Wochn warst' aa bsoffn,
da war's ka Wunder, daß d' so oft mit'n Taxi fahrst,
und aa' daß d' nächtelang net z'Haus warst, hat mi 'troffn –
i tät net schwörn, daß d' da bei deiner Mutter warst.

Des is natirlich lang net alles, was i z'sagn hätt,
i kennt no länger furtführn den Sermon,
doch trotzdem mir des alles bis zum Kragn steht,
bleib i diskret, weil sowas ghört zum guatn Ton.
A andrer tät in meiner Lage vielleicht strampfn
und hauert dir in seiner Wut ane aufs Dach,
als feiner Mensch tua i di net amal verklampfn
und sag dir drum zum Abschied aa nix Schlechtes nach.

WATSCHEN

A Vater hat oft a Maleer
mit sein' eignen Fleisch und Bluat
und wird sein' Buam erscht richtig Herr,
wann er eahm schwartln tuat.
Oft kummst' mit'n Redn nimmer aus,
da helfn nur mehr Schläch;
da Wimmer aus 'n Siebmerhaus
hat aa a so a Pech.
Sei Bua halt Gott und Wölt für Narrn
und macht grad, was eahm paßt,
und lerna tuat er aa an Schmarrn,
er is a richtigs Gfraßt.
Vur kurzn hat's erscht wieder gstaubt,
da hat er a Tracht Watschn kriagt;
i hab bein Zuaschaun scho fast glaubt,
daß eahm da Schädl daunefliagt;
und nach der Watschn hat der Bua
natirlich mächtig blazt,
da hab i gsagt: »Jetzt her mir zua,
hättst' dein' Vatern net so grazt!
Was hast' eahm denn aa so blamiert,
wannst' mir des machst, bist' hi';
glaubst', dein' Vater gfreit's, wann er di schmiert?
Den schmerzt des mehr wia di!«
Drauf mant der Bua: »Des is a Schmäh,
wann's eahm weh tät, hätt er mi net droschn.
Und tuat's in Vater wirklich weh,
dann bestimmt net in der Goschn!«

ZAHNSCHMERZ

Alle habm, ob Weiberln, Manderln,
irgendwann a Gfrett mit d' Zahnderln,
und dann rennen s' still und stumm
mit aner fadn Treanschn um,
weil ma des besonders gspürt,
wann a Zahnderl roglert wird.
Liegt amal a Nerv wo bloß,
glaubst', es is der Teifel los,
und wann de alte Plombm scheppert,
rennt ma umadum wia teppert
und traut si nirgends einebeißn.
Am bestn war, ma gingert reißn,
doch de meistn wolln des net,
wenn's no halbwegs z'richtn geht.
Dabei hätt's aner do viel klasser
mit Zahnderln von der Krankenkassa,
weil ma mit de drittn Zähnd
keinen Bohrerschmerz mehr kennt.
Des Bohrn is eh a so a Sachn,
wo jeder Mensch vergißt des Lachn,
selbst wann er wia a Indianer
si einredet, der Schmerz is kaner.
Unlängst sitzt beim Pappenschlosser
a Patient – eh grad ka großer –
und wia der hört den Bohrer surrn,
da is er no viel klaner wurdn.
Wiar a alter Schrumpfgermane
sitzt im Marterstuhl der Klane,
und wia der Zahnarzt des so siecht,
sagt er: »Fürchten Sie sich nicht,
ich war in Mathematik schon
im Wurzelziehn eine Kanon.
Als Zahnarzt kommt mir das zurecht,
nur sehe ich ein bisserl schlecht;

was ich nicht seh, mach ich dafür
beim Bohrn besonders mit Gespür.«
Drauf bohrt er los, mit Gfühl und sacht,
wia der Lindwurm in an U-Bahn-Schacht.
Er bohrt erst fünf Minuten bloß,
da blazt der Patient scho los:
»Herr Dokter, mi hebt's aus de Schuach,
Se kummen ja scho durch und durch!«
Doch der Zahnarzt setzt gleich wieder an
und sagt gereizt: »Mein lieber Mann,
halten Sie sich nicht so schief,
die alte Plombe sitzt sehr tief.
Hörn Sie auf mit dem Gewimmer,
ich seh schon einen hellen Schimmer,
nur eines wundert mich, mein Guter:
die Plombe glänzt wie Perlmutter!«
Da hebt der Patient das Köpferl:
»Se bohrn scho auf mein' Kragenknöpferl!«

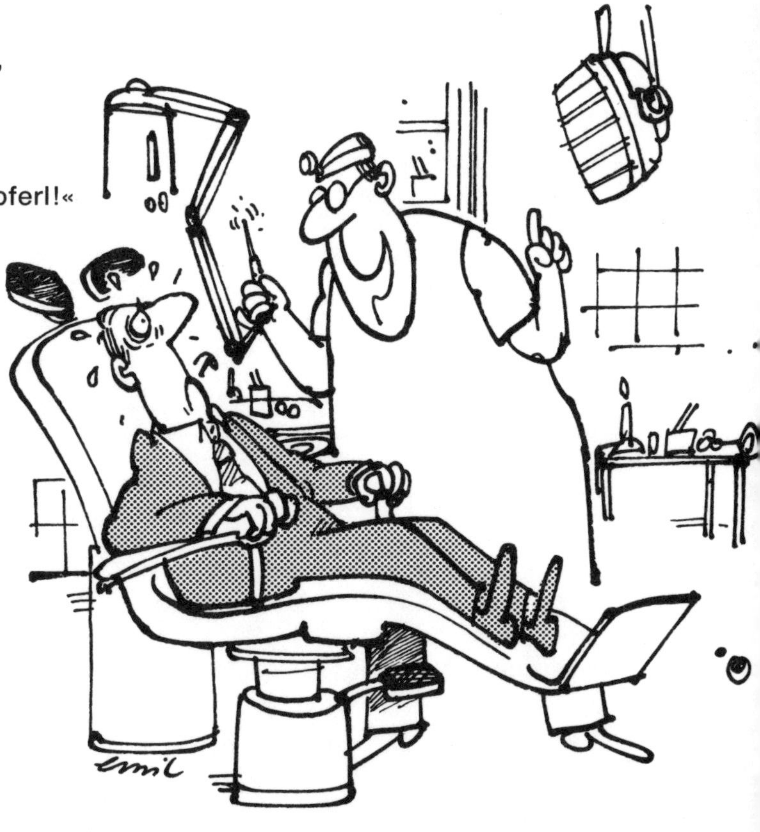

MEI HERZ SCHLAGT FÜR MEIDLING

Mei Herz schlagt für Meidling,
da bin i geburn,
drum hab i woanders
aa gar nix verlurn.
Mir gibt nix a Ottakring
oder Döbling, Hernals,
und a Währing und Simmering
razt mit keinesfalls.
Was tät i auf der Wiedn
oder gar in der Stadt,
für mi gibt's nur Meidling,
geht's krumm oder grad.
Da ist jeder Sta' mir
no immer vertraut,
san aa heit alle Wiesn
und Gstettn verbaut.
Do so gern i da leb,
mei Herz is mir schwer,
denn es gibt in mein Meidling
de alte Wacker net mehr.
Was des für mi haßt,
waß allanich ja nur,
wer an Wacker scho ghängt is
als ganz klaner Bua.
Doch wann aa manches für immer,
was i gern ghabt hab, fehlt:
Für mi bleibt mei Meidling
der schenste Fleck auf der Welt.

emil

Obwohl ich nicht zum engeren Freundeskreis von Anton Krutisch gehört habe, bekenne ich von ganzem Herzen, daß ich ihn sehr gern hatte. Ich habe ihn erst vor wenigen Jahren anläßlich einer Vortragsveranstaltung in Meidling kennengelernt, seitdem aber versucht, keine seiner Lesungen, soweit sie im Rahmen unseres Bezirkes stattfanden, zu versäumen.
Sein Wohnort in der Nähe des Meidlinger Marktes war eine ideale Gegend für einen guten Beobachter, die Sprache und das Verhalten seiner Mitmenschen in einem Wiener Vorstadtbezirk zu studieren. Anton Krutisch hat diese Möglichkeiten genützt, seine Phantasie hat ihn immer wieder angespornt, die kleinen Dinge und Erlebnisse des Alltags in liebenswürdig formulierte Verse zu fassen, immer lebensnah, aber nie ordinär, urwüchsig in einem Sinn, der nicht von Übertreibung bestimmt ist.
Wenige Tage nach seinem allzu frühen Tod habe ich versucht, seinem Leben und Streben durch ein Gedicht gerecht zu werden, von dem ich hoffe, daß es die Beurteilung des Menschen Toni Krutisch durch seine Leser und Freunde wiedergibt: daß wir einen liebenswürdigen Menschen verloren haben, einen heiteren Freund, der sich selbst und uns noch viel Freude hätte bescheren können, hätte ihn ein hartes Schicksal nicht zu früh aus unserer Mitte abberufen.
Dieses Gedicht möchte ich hier wiedergeben, verbunden mit der Feststellung, daß wir Anton Krutischs stets in freundlicher Gesinnung gedenken werden, in tiefem Bedauern, aber doch auch mit einem stillen Lächeln, das Heiterkeit und Wehmut gleichzeitig ausdrücken soll:

Otto Schweda
Dritter Präsident des Wiener Landtages

TONI KRUTISCH

Se habm do aa den Krutisch 'kennt?
Der is vur kurzem gsturbm,
und mir, de ma aus Meidling san,
mir habm an Freind verlurn.
Bei'm Markt unt' hat der Toni gwohnt,
durt hat er glebt und 'dicht';
durt untn hat er niedergschriebm
so manche liabe Gschicht.
Über uns Wiener hat er gschriebm –
blitzgscheit und voll Hamur,
de klanen Schwächn warn sei Ziel,
und glacht – glacht habm ma gnua.
A bisserl jung war er zum Sterbm,
er hätt no lebm solln;
natürlich net nur wegn uns,
er hätt's wohl selber wolln.
Des habm mir no net in der Hand,
und i sag: Gottseidank!
Des kannst' dir halt net richtn,
ob'sd' gsund bist oder krank.
Ob'sd' jung bist, älter oder alt,
egal: es is halt aus.
Des is – es wißt's – »der Umzug
ins allerletzte Haus«.
Des kannst' nur nehmen, so wia's is,
und is es no so schwer
für d' Frau, für d' Kinder, für de Freind:
es gibt ka Wiederkehr.
Nur ans gibt's und wird's weiter gebm:
a Freindschaft zwischen d' Leit,
de se guat kennen, de se mögn,
de überdauert d' Zeit.
So wird's beim Toni Krutisch sein,
i glaub, des sehgn mir klar,
in unserer Erinnerung
da bleibt er, wia er war:
a wirklich liaber, froher Mensch,
a Philosoph, wann S' wolln –
und wann ma's aa net ändern kann:
er hätt no lebm solln.

3 Langspielplatten
3 Erfolge

von und mit

Toni Krutisch

I bin so glücklich
Langspielplatte WM 120 026
Musicassette MC 8-120 026

Lavendelschmäh
Langspielplatte WM 120 028
Musicassette MC 8-120 028

Spezialitäten
Langspielplatte WM 120 030
Musicassette MC 8-120 030

Aus der WM-Produktion der AMADEO

Bisher im Verlag Kurt Mohl erschienen:

Anton Krutisch

Wiener Lavendel

mit Zeichnungen von EMIL
72 Seiten

Anton Krutisch

Kraut und Ruam

mit Zeichnungen von EMIL
80 Seiten